# LE CARNAVAL,

# MASCARADE,

## *BALLET*

### PRÉCÉDÉ

# DE LA GROTTE DE VERSAILLES

## *PASTORALE*,

### REPRESENTÉE

### PAR L'ACADEMIE ROYALE DE MUSIQUE.

*Le Dimanche onziéme Juillet 1700.*

A PARIS,

Chez CHRISTOPHE BALLARD, ſeul Imprimeur du Roy pour la Muſique, ruë Saint Jean de Beauvais, au Mont-Parnaſſe.

M. DCC.

*AVEC PRIVILEGE DU ROY.*

# LA GROTTE, DE VERSAILLES.

Le Theatre repreſente un Boccage, où vient une Troupe de Bergers qui joüent de divers Inſtruments, pour y faire un Concert à leur mode.

---

Recit chanté par deux Bergers.

SILVANDRE, Monſieur Dun.

*ALlons, Bergers, entrons dans cet heureux ſéjour,*
*Tout y paroît charmant, LOUIS eſt de retour;*
*Il ſort des bras de la Victoire,*
*Et vient raſſembler à leur tour*
*Les plaiſirs égarez dans ces bois d'alentour.*

CORIDON, Monsieur Thevenard.

*Il se plaist en ces lieux à perdre la memoire,*
*De la grandeur qui brille dans sa Cour:*
*Cessons de parler de sa gloire,*
*Il n'est permis icy de parler que d'amour.*

SILVANDRE & CORIDON.

*Cessons de parler de sa gloire,*
*Il n'est permis icy de parler que d'amour.*

LE CHOEUR.

*Cessons de parler de sa gloire,*
*Il n'est permis icy de parler que d'amour.*

Chanson chantée par LICAS, & repetée par le Chœur.

LICAS, Monsieur Piton.

*Dans ces charmantes retraites,*
*Accordons nos Chalumeaux;*
*Nos Pipeaux,*
*Nos Musettes*
*Au ramage des Oyseaux,*
*Et chantons nos amourettes*
*Au doux murmure des eaux.*

## *QUATRE BERGERS.*

Messieurs Germain, Bouteville, Barazé & Dumoulin l'aîné.

## *QUATRE BERGERES.*

Mesdemoiselles Subligny, Du Fort, Fréville & Le Mair.

Autre Chanson chantée par deux Bergeres, à qui deux Flûtes répondent.

### LES DEUX BERGERES,

Mesdemoiselles Moreau & Maupin.

*Goûtons bien les plaisirs, Bergere,*
*Le temps ne dure pas toûjours;*
*La moisson la plus chere*
*Est celle des amours,*
*Elle ne se peut faire*
*Qu'au printemps de nos jours.*

Second Couplet.

*Menageons la saison de plaire,*
*Menageons des moments si doux:*
*La moisson la plus chere*
*Est celle des amours,*
*Elle ne se peut faire*
*Qu'au printemps de nos jours.*

# LA GRORTTE,

Dialogue chanté par deux Bergers.

MENALQUE, Monsieur Choplet.

*Sortons de ces deserts, détournons-en nos pas.*

CORIDON, Monsieur Thevenard.

*Pourquoy quitter si-tost ces endroits pleins de charmes?*

MENALQUE.

*L'Amour est dans ces lieux avec tous ses appas.*

CORIDON.

*Ah! qu'il est doux icy de luy rendre les armes,*
*Où pourrions-nous aller où l'Amour ne fût pas?*

ENSEMBLE.

*Où pourrions-nous aller où l'Amour ne fût pas?*

LES DEUX BERGERS ENSEMBLE.

*Voyons tous deux en aymant,*
*Qui de nous sçaura prendre*
*L'ardeur la plus tendre*
*Et la garder plus constamment;*
*Ne craignons point le tourment*
*Qu'un cœur amoureux doit attendre,*
*C'est un mal trop charmant,*
*Pour s'en deffendre.*

DAPHNIS chante seul, & les Chœurs répondent.

DAPHNIS, Monsieur Piton.

*Venez prés de ces Fontaines,*
*Venez Nymphes qui chassez,*
*Cessez de courir les plaines*
*Avec des soins empressez,*
*Venez icy prendre*
*Des plaisirs charmants;*
*Venez nous entendre,*
*Dansez à nos chants.*

Les Rossignols mélent leur Concert à celuy de plusieurs Instruments à leur mode, & les Bergeres leur répondent par cette Chansonette.

IRIS ET CALISTE.

Mesdemoiselles Moreau & Maupin.

*Les Oyseaux vivent sans contrainte,*
*S'engagent sans crainte;*
*Leurs nœuds sont doux:*
*Tout leur rit, tout cherche à leur plaire,*
*Nous devons en estre jaloux,*
*La raison ne nous sert de guere,*
*En amour ils sont tous*
*Moins bestes que nous.*

Second Couplet.

*Dans leurs chants ils disent sans cesse*
*Que l'Amour les blesse,*
*D'aymables coups:*
*Tout leur rit, tout cherche à leur plaire,*
*Nous devons en estre jaloux,*
*La raison ne nous sert de guere,*
*En amour ils sont tous*
*Moins bestes que nous.*

Autre Chanson chantée par IRIS.

*Dans ces deserts paisibles,*
*Rochers, que vôtre sort est doux!*
*Vous estes insensibles,*
*Trop heureux qui l'est comme vous?*

Second Coûplet.

*D'une rigueur extrême.*
*Mon cœur sent les plus rudes coups,*
*L'insensible que j'ayme*
*Est cent fois plus Rocher que vous.*

IRIS continuë à se plaindre, & en élevant sa voix & la tournant du côté de l'Echo, l'oblige enfin à luy répondre.

## IRIS & L'ECHO.

IRIS.

*Depuis que l'on ſoûpire*
*Sous l'amoureux empire,*
*Depuis que l'on ſoûpire*
*Sous l'amoureuſe loy :*
*Helas ! qui fut jamais plus à plaindre que moy.*

L'ECHO, Mademoiſelle Cenet.

*Moy.*

IRIS.

*Helas !*

L'ECHO.

*Helas !*

IRIS.

*Helas !*

L'ECHO.

*Helas !*

IRIS.

*Qui fut jamais plus à plaindre que moy !*

L'ECHO.

*Qui fut jamais plus à plaindre que moy !*

IRIS.

*Quelle voix vient icy ſe plaindre !*

L'ECHO.

*Quelle voix vient icy ſe plaindre !*

IRIS.

*N'en doutons plus, ce ſont les Echos d'alentour.*

L'ECHO.

*Ce ſont les Echos d'alentour.*

IRIS.

*Juſqu'au cœur des Rochers de ce charmant séjour,*
*Leur plainte nous apprend que l'Amour eſt à craindre.*

L'ECHO.

*Que l'Amour eſt à craindre.*

IRIS.

*Leur plainte nous apprend que l'Amour eſt à craindre.*

L'ECHO.

*Que l'Amour eſt à craindre.*

Le Choeur des Bergers accompagné de tous les Inſtruments, du chant des Roſſignols, & des repetitions des Echos, acheve de chanter les Vers ſuivans.

*Chantons tous en ce jour*
*Rediſons tour à tour,*
*Que le chant des Oyſeaux nous ſeconde,*
*Que l'Echo nous réponde:*
*Chantons en ce Jour,*
*Chantons qu'il n'eſt rien dans le monde*
*Qui ſoit inſenſible à l'amour.*

Fin de la Grotte de Verſailles.

# LE CARNAVAL, MASCARADE.

## Le Theatre repreſente une Sale de Spectacle, pour y recevoir toutes ſortes de Maſques.

LE CARNAVAL habillé d'une maniere qui le fait d'abord reconnoître, paroît environné de ſa Suite ordinaire, composée d'un grand nombre de Perſonnes qui chantent; Les Violons commencent d'abord à celebrer ſon retour, & luy-même par un Recit qu'il chante, excite les Enjoûëmens qui l'accompagnent, à délaſſer le plus Grand des Monarques de ſes glorieux travaux.

# PREMIERE ENTRE'E.

LE CARNAVAL, Monſieur Hardoüin.

Troupe de Maſques differens qui accompagnent le Carnaval.

POLICHINELS.

Meſſieurs Du Moulin cadet, Du May, Renould, Du Ruel & Clauſe.

RECIT DU CARNAVAL.

*E reviens enfin à mon tour*
*Dans cette illuſtre Cour,*
*Où ſous un Regne heureux tant de Grandeur abonde:*
*Vous, qui m'accompagnez, aymables Enjoüemens,*
*Prenez vos plus doux agrémens*
*Pour divertir les ſoins du plus grand Roy du monde.*

UN DES MASQUES, & le Chœur.

*Profitons du temps*
*Qu'il donne à nos Chants:*

LE CARNAVAL, & le Chœur.

*Dés que les tendres herbettes*
*Rajeuniront l'Univers,*
*Les Tambours & les Trompettes,*
*Feront ſes plus doux Concerts.*

# SECONDE ENTRE'E.

Un Maiſtre d'Ecole Italien nommé Barbacola, avec ſes Ecoliers.

LE MAISTRE D'ECOLE, Monſieur Dun.

LA MAISTRESSE D'ECOLE, Monſieur Boutelou.

*Quatre Enfans Ecoliers.*

Meſſieurs Baraſé, Blondy, Ferand & Dumoulin l'aîné.

*Quatre Petites Filles.*

Meſdemoiſelles Dangeville, Deſplaces, Dématins & Ruelle.

BARBACOLA.

*SOn dotor per occaſion.*
*Ma dotor piu dei dotori*
*Ch'un dotor di profeſſion*
*Non amai tanti auditori.*

*In campana ſon venuto*
*Per tener famoza ſchola,*
*Il mio nom é cognoſciuto*
*Son il maſtro Barbocola.*

*E per mia reputatione*
*Son dat tutte le personne*
*Nominato il dottorone*
*Piu eloquente di Cicerone,*
*Piu sapiente di Catone,*
*Forte piu del grand Sansone,*
*E per tutta conclusione*
*So Sonar, so Balar, so Cantar,*
*So Imparar, so Inseignar,*
*So Mirar, so Tirar, so AmaZZar,*
*Ho, ho, ho, ho, . . . .*
*Ahi che perdo la parola.*

LES ECOLIERS.

*Bona sera Barbacola.*

BARBACOLA.

*Bona sera Barbacola.*

*Co si tardi se vienne à la Schola.*

LES ECOLIERS.

*Perdonate schei Barbacola.*

BARBACOLA.

*Su, su, su, à la letione.*

LES ECOLIERS.

*La sapiamo in perfectione.*

BARBACOLA.

*E chi la letion non ſa*
*Su le mani ſe li da.*

LES ECOLIERS pleurent.

*Ha, ha, ha, . . . . .*

BARBACOLA.

*Non piangete piu ſcolari*
*Che non ve faro ſtudiar*
*Sol con voi putti miei cari*
*Me vo metter à Ballar*

*Non parliamo piu di ſcola,*
*Non parliamo piu di ſcola.*

LES ECOLIERS.

*Viva, viva, Barbacola,*
*Viva, viva, Barbacola.*

LE MAISTRE ET LES ECOLIERS danſent tous enſemble.

# TROISIE'ME ENTRE'E.

## BISCAYENS ET BISCAYENNES.

TIRCIS, Monſieur Thevenard.

PHILENE, Monſieur Hardoüin.

LYCAS, Monſieur Boutelou.

### TIRCIS.

*SI du triſte recit de mon inquietude*
*Je trouble le repos de vôtre ſolitude,*
*Rochers, n'en ſoyez point fachez:*
*Quand vous ſçaurez l'excés de mes peines ſecrettes,*
*Tout Rochers que vous eſtes*
*Vous en ſerez touchez.*

### PHILENE.

*Les Oyſeaux réjoüis dés que le jour s'avance,*
*Recommancent leurs chants dans ces vaſtes Foreſts:*
*Et moy j'y recommence*
*Mes ſoûpirs languiſſants & mes triſtes regrets.*

LYCAS.

## LYCAS.

*Pauvres Amants quelle erreur*
*D'adorer des inhumaines:*
*Jamais les ames bien saines,*
*Ne se payent de rigueur;*
*Et les faveurs,*
*Sont les chaînes qui doivent lier les cœurs.*

Second Couplet.

*Il est cent belles icy*
*Auprés de qui je m'empresse:*
*A leur voüer ma tendresse*
*Je mets mon plus grand soucy;*
*Mais dés que l'on est tygresse,*
*Ma foy je suis tygre aussi.*

## TIRCIS & PHILENE.

*Heureux helas! qui peut aymer ainsi!*

*Troupe de Basques dansans.*

Monsieur Balon.

Messieurs Dumirail, Germain, Bouteville, Blondy, Ferand & Dumoulin le cadet.

*Troupe de Biscayennes.*

Mesdemoiselles Du Fort, le Maire & Freville.

BIBLIOTHEQUE IMPERIALE IMPR.

*Basques chantans.*

Messieurs Mantienne & le Brun.

*SUivons l'aymable Paix qui nous appelle,*
*Mille nouveaux Plaisirs sont avec elle.*
*L'Amour promet icy des Jours heureux,*
*Et sans allarmes :*
*Il bannit les Soins facheux.*
*Que l'Amour a de charmes,*
*Quand il vient avec les Jeux !*

*Nous fuyons la Beauté toûjours severe ;*
*Les Fers que nous portons ne pesent guere.*
*L'Amour promet icy des Jours heureux,*
*Et sans allarmes :*
*Il bannit les Soins facheux.*
*Que l'Amour a de charmes,*
*Quand il vient avec les Jeux !*

# QUATRIÉME ENTRÉE.

Trois Eſpagnols chantans, dont le premier ſe plaint de l'Amour, & les deux autres le conſolent, accompagné de trois Eſpagnols & de trois Eſpagnolettes, qui danſent.

*Eſpagnols chantans.*

Meſſieurs Boutelou, Dun & Chopelet.

*Eſpagnols danſans.*

Monſieur Pecourt.

Meſſieurs Dumirail, Germain, Dumoulin le cadet & Boutteville.

*Eſpagnolettes danſantes.*

Meſdemoiſelles Subligny, Deſplaces, Dangeville, Victoire & Roſe.

**ESPAGNOL** qui ſe plaint.

*SE que me muero dé amor*
*Y ſolicito el dolor.*

*A un muriendo de querer*
*De tambuen ayre adoleſco*
*Que es mas de loque padeZco.*
*Loque quiero padecer*
*Y no pudiendo exceder*
*A mi deſeo el rigor.*

*Se que me muero dé amor*
*Y ſolicito el dolor.*

Premier Espagnol enjoüé.

*Ay que locura, con tanto rigor*
*Quexarse de amor*
*Del niño bonito*
*Que todo es dulçura*
*Ay que locura,*
*Ay que locura.*

Deuxiéme Espagnol enjoüé.

*El dolor solicita,*
*El que al dolor se da*
*Y nadie de amor muere*
*Sino quien no save amar.*

Tous deux ensemble.

*Dulce muerte es el amor*
*Con correspondentia ygual,*
*Y si esta gozamos oy,*
*Porque la quieres turbar?*

Premier Espagnol enjoüé.

*Alegrese Enamorado*
*Y tome mi parecer*
*Que en esto de querer*
*Todo es hallar el vado.*

Tous trois enſemble.

*Vaya, vaya de fieſtas,*
*Vaya de vayle,*
*Alegria, alegria, alegria,*
*Queſto de dolor es fantaſia.*

# CINQUIE'ME ENTRE'E.

## UN EGYPTIEN ET UNE EGYPTIENNE.

L'EGYPTIENNE, Mademoiselle Desmâtins.

*Sortez de ces lieux*
*Soucis, Chagrins & Tristesse,*
*Venez Ris & Jeux,*
*Plaisirs, Amour & tendresse:*
*Ne songeons qu'à nous réjoüir,*
*La grande affaire est le plaisir.*

LE CHOEUR.

*Ne songeons qu'à nous réjoüir,*
*La grande affaire est le plaisir.*

*Egyptiens dansans.*

Monsieur de Lestang.

Messieurs Blondy, Dumoulin l'aîné, Boutteville & Germain.

*Egyptiennes dansantes.*

Mesdemoiselles Freville, Le Maire, Desmâtins & Chapelle.

L'EGYPTIENNE.

*A Me suivre tous icy*
*Vôtre ardeur est non commune,*
*Et vous estes en soucy*
*De vôtre bonne fortune:*
*Soyez toûjours amoureux,*
*C'est le moyen d'estre heureux.*

LE CHOEUR.

*Ne songeons qu'à nous réjoüir,*
*La grande affaire est le plaisir.*

Second Couplet.

*Aymons jusques au trépas,*
*La raison nous y convie;*
*Helas! si l'on n'aymoit pas,*
*Que seroit-ce de la vie?*
*Ah! perdons plûtost le jour*
*Que de perdre nôtre amour.*

L'EGYPTIEN, Monsieur Thevenard.

*Les Biens,*

L'EGYPTIENNE.

*La Gloire,*

L'EGYPTIEN.

*Les Grandeurs,*

L'EGYPTIENNE.

*Les Sceptres qui font tant d'envie.*

L'EGYPTIEN.

*Tout n'est rien si l'amour n'y mêle ses ardeurs.*

L'EGYPTIENNE.

*Il n'est point sans l'amour de plaisir dans la vie.*

ENSEMBLE.

*Soyons toûjours amoureux,*
*C'est le moyen d'estre heureux.*

CHOEUR.

*Sus, sus, chantons tous ensemble,*
*Dansons, sautons, joüons-nous.*

UN EGYPTIEN, Monsieur Labbé.

*Lorsque pour rire on s'assemble*
*Les plus sages, ce me semble,*
*Sont ceux qui sont les plus fous.*

CHOEUR.

*Lorsque pour rire on s'assemble,*
*Les plus sages, ce me semble,*
*Sont ceux qui sont les plus fous:*
*Ne songeons qu'à nous réjoüir,*
*La grande affaire est le plaisir.*

## *SERENADE.*

## UNE MUSICIENNE & DEUX MUSICIENS.

LA MUSICIENNE, Mademoiſelle Maupin.

*Répand charmante nuit, répand ſur tous les yeux,*
*De tes pavots la douce violence,*
*Et ne laiſſe veiller en ces aymables lieux,*
*Que les cœurs que l'Amour ſoûmet à ſa puiſſance:*
*Tes ombres & ton ſilence*
*Plus beaux que le plus beau jour,*
*Offrent de doux moments à ſoûpirer d'amour.*

PREMIER MUSICIEN, Monſieur Thevenard.

*Que ſoûpirer d'Amour*
*Eſt une douce choſe?*
*Quand rien à nos vœux ne s'oppoſe;*
*Que ſoûpirer d'Amour*
*Eſt une douce choſe?*

*A d'aymables penchants nôtre cœur nous diſpoſe,*
*Mais on a des tyrans à qui on doit le jour;*
*Que ſoûpirer d'Amour*
*Eſt une douce choſe?*
*Quand rien à nos vœux ne s'oppoſe;*
*Que ſoûpirer d'Amour*
*Eſt une douce choſe?*

SECOND MUSICIEN, Monsieur Boutelou.

*Tout ce qu'à nos vœux on oppose,*
*Contre un parfait amour ne gagne jamais rien:*
*Et pour vaincre toute chose,*
*Il ne faut que s'aymer bien.*

Tous Trois.

*Aymons-nous donc d'une ardeur éternelle.*

LA MUSICIENNE.

*Les rigueurs des Parens.*

LE 2. MUSICIEN.

*La contrainte cruelle.*

LE 1. MUSICIEN.

*L'absence.*

LE 2. MUSICIEN.

*Les travaux.*

LE 1. MUSICIEN.

*La Fortune rebelle.*

LA MUSICIENNE.

*Ne font que redoubler une amitié fidelle.*

Tous Trois.

*Quand deux cœurs s'ayment bien,*
*Tout le reste n'est rien.*

# SIXIE'ME ENTRE'E.

## *SERENADE DU MARIE' ET DE LA MARIE'E.*

Deux Masques Serieux & Magnifiques, viennent prendre part aux divertissemens du Carnaval: Ils sont conduits par la Galanterie, qui ajoûte à leur danse l'agrément d'une Chanson pleine de maximes galantes, qu'elle chante au milieu d'Eux.

LA GALANTERIE, Mademoiselle Clement.
UNE MUSICIENNE, Mademoiselle Desmâtins la cadette.
UN MUSICIEN, Monsieur Labbé.

*Masques Serieux.*

LE MARIE', Monsieur Balon.
LA MARIE'E, Mademoiselle Subligny.

*CHANSON DE LA GALANTERIE.*
Maximes de Galanterie pour les Hommes.

*Soyez fidelle:*
*Le soin d'un Amant*
*Prés d'une Belle,*
*Trouve aisement*
*Un heureux moment.*
*Souvent une ame cruelle*
*S'engage en dépit d'elle,*
*C'est le grand secret que d'aymer constamment.*

*Soyez fidelle :*
*Le ſoin d'un Amant*
*Prés d'une Belle,*
*Trouve aiſement*
*Un heureux moment.*
*Aux loix d'Amour en vain l'on eſt rebelle,*
*Chacun tôt, ou tard, ſuit un Dieu ſi charmant.*
*Soyez fidelle :*
*Le ſoin d'un Amant*
*Prés d'une Belle,*
*Trouve aiſement*
*Un heureux moment.*

LE MUSICIEN.

*Si vous vous aymez bien tous deux,*
*Veillez, vous eſtes trop heureux ;*
*Mais ſi vous ne vous aymez guere,*
*Dormez, vous ne ſçauriez mieux faire.*

Tous Trois.

*Si vous vous aymez bien tous deux,*
*Veillez, vous eſtes trop heureux ;*
*Mais ſi vous ne vous aymez guere,*
*Dormez, vous ne ſçauriez mieux faire.*

LA GALANTERIE.

*L'Amour veut qu'on ſuive ſes loix,*
*Il a ſon petit negoce*
*Qui l'empêche quelque fois,*
*De ſe trouver à la Nopce.*

## LA MUSICIENNE.

*Parmy les nouveaux Mariéz,*
*Amour en fait à ſa tête ;*
*Et quoy qu'il ſoit des priez,*
*N'eſt pas toujours de la fête.*

Tous Trois.

*Si vous vous aymez bien tous deux,*
*Veillez, vous eſtes trop heureux ;*
*Mais ſi vous ne vous aymez guere,*
*Dormez, vous ne ſçauriez mieux faire.*

# SEPTIE'ME ENTRE'E.

## ITALIENS.

Une Musicienne Italienne fait le premier Recit, dont voicy les paroles.

LA MUSICIENNE, Mademoiselle Moreau.

*DI rigori armata il seno*
*Contro amor mi ribellai*
*Ma fui vinta in un baleno*
*Nel mirar duo vaghi rai,*
*Ahi che resiste puoco*
*Cor di gelo a stral di fuoco.*

*Ma si caro é'l mio tormento*
*Dolce é si la piaga mia,*
*Ch' il penare é'l mio contento,*
*E'l sanarmi é tirannia.*
*Ahi che più giova, é piace*
*Quanto amor é più vivace.*

Aprés l'Air que la Musicienne a chanté, quatre Scaramouches, quatre Trivelins, & un Arlequin, representent une nuit à la maniere des Commediens Italiens, en cadence.

*Arlequin.*

Monsieur Dumoulin le cadet.

*Trivelins.*

Meſſieurs Boutteville, Fauvau, Dumay & Renould.

*Scaramouches.*

Meſſieurs Barazé, Dumoulin l'aîné, Blondy & Ferrand.

Un Muſicien Italien ſe joint avec la Muſicienne Italienne, & chante avec elle les paroles qui ſuivent.

LE MUSICIEN ITALIEN, Monſieur Thevenard.

*Bel tempo che vola*
*Rapiſcé il contento,*
*Damor ne la ſcola*
*Si coglie il momento.*

LA MUSICIENNE ITALIENNE.

*Inſin che florida*
*Ride l'età*
*Che pur tropp' horrida*
*Da noi ſen và.*

TOUS DEUX.

*Sù cantiamo,*
*Sù dodiano,*
*Nebei di, di gioventu:*
*Perduto ben non ſi racquiſta più.*

LE MUSICIEN ITALIEN.

*Pupilla che vaga*
*Mill' alme incatena,*
*Fà dolce la piaga*
*Felice la pena.*

LA MUSICIENNE ITALIENNE.

*Ma poiche frigida*
*Langue l'età,*
*Più l'alma rigida*
*Fiame non hà.*

TOUS DEUX.

*Sù cantiamo,*
*Sù godiamo,*
*Nebei di, di gioventu:*
*Perduto ben non si racquista più.*

Aprés le Dialogue Italien, les Scaramouches & Trivelins dansent une réjoüissance.

# HUITIE'ME. ENTRE'E.

Pourceaugnac Bourgeois Italien, vient demander Justice sur ce que deux Femmes Françoises luy veulent faire accroire qu'il les a épousées toutes deux.

POURCEAUGNAC.

*GIUSTITIA, giustitia, giustitia, giustitia,*
*Non sara mai possibile*
*Ch' in caso si terribile*
*Non trovi qual che giudice*
*Che con le sue man' sudice*
*Mi scriva discolpevole*
*Che mi sia favorevole*
*Contro si gran' malitia,*
*Giustitia, giustitia, giustitia, giustitia.*

Pourceaugnac aperçoit un Avocat, & le saluë en chantant.

*O' Signor Avocato,*
*Che sete' il ben trovato*
*Che sete sempre sempre' il ben trovato,*
*Vi voglio consultare*
*Per un negotio grande*
*Degnate mi ascoltare.*

Pourceaugnac expose le fait.

*Due donne indiavolate*
*Mi fann'un processo' atroce*
*Gridando' ad alta voce*
*Che con me son maritate*
*An mentito, an mentito, an mentito le scellerate,*
*M'anno menato tanti banbini.*
*Tanti puttini,*
*Picini, picini.*
*M'anno messo tutt' in bisbiglio*
*Car Avocato mio consiglio, consiglio.*

L'Avocat luy répond en chantant fort lentement, & traînant ses paroles.

L'AVOCAT, Monsieur Hardoüin.

*La Polygamie est un cas*
*Est un cas pendable.*

Pourceaugnac répond.

*Gia so che chidue volte e maritato*
*Deu esser impicato.*

L'Avocat traînant ses paroles, l'interrompt en chantant *La Poligamie, &c.*

Et Pourceaugnac chante en même temps.

*Ma, lo so, lo credo, se non ho mai spozato*
*Non poss' esser condannato*
*Brutta bestia furfantone.*
*Brutto, brutto gatto mammone,*
*Viso di spia*
*Becco cornuto vatte ne via.*

Pourceaugnac apperçoit un autre Avocat, & luy fait la reverence en chantant.

*Facio la reverenzza*
*Alla grand' excellenzza*
*Del huomo' il piu saputo*
*Et il piu singolare*
*Che si possa trovare*
*Date mi qualch' ajuto*
*Consigiliatemi quanto lo potrette*
*Sentite*
*La mia lite*
*Poi mi risponderete.*

Il expose le fait.

*Due donne indiavolate*
*Mi fann' un processo atroce*
*Gridando ad alta voce*
*Che con me son maritate*
*An mentito, an mentito, an mentito, le scellerate,*
*M'anno ménato tanti banbini.*
*Tanti puttini,*
*Picini, picini.*
*M'anno messo tutt' in bisbiglio*
*Car Avocato mio consiglio, consiglio.*

L'Avocat parlant fort vîte & bredoüillant, luy répond

L'AVOCAT, Monsieur Gaudechot.

*Vostre fait*
*Est clair & net,*

*Et tout le Droit*
*En cét endroit*
*Conclut tout droit*
*Si vous consultez nos Auteurs,*
*Legislateurs & Glossateur,*
*Justinian, Papinian,*
*Ulpian, & Tribonian,*
*Fernand, Rebuffe, Jean, Imole,*
*Paul, Castre, Julian, Barthole,*
*Jason, Alciat, & Cujas,*
*Ce grand Homme si capable;*
*La Polygamie est un cas,*
*Est un cas pendable.*

Pourceaugnac au desespoir, répond à l'Avocat Bredoüilleur.

*Tinque, tinque, tinque,*
*Tinque, tinque, tinque,*
*Tin.*
*Povero Pursognacco*
*Giur al corppo di bacco*
*Che questi Consultanti*
*Sono tutt' ignoranti.*

Il prend les deux Avocats, & leur dit.

*Vien qua animalacio*
*E' tu brutt mostacio*

*Come pol esser ch'io sia condannato*
*Poi che non'o' peccato*
*Come pol esser che si dia sentenzza*
*Contro l'innocenzza*
*Per gratia, per pieta, per amicitia,*
*Date mi un modo per aver giustitia.*

L'Avocat traisnant ses paroles, dit.

*La Polygamie est un cas,*
*Est un cas pendable.*

Pendant que l'Avocat bredoüilleur dit.

*Tous les Peuples policez,*
*Et bien sensez,*
*Les François, Anglois, Hollandois,*
*Danois, Suedois, Polonois,*
*Portugais, Espagnols, Flamans,*
*Italiens, Allemans,*
*Sur ce fait tiennent Loy semblable,*
*Et l'affaire est sans embarras:*
*La Polygamie est un cas,*
*Est un cas pendable.*

Pourceaugnac leur dit.

*Non l'o mai conosciute*
*Sono due beche cornute*
*Le voglio far frustare*
*Le voglio far imppicare*
*Dite mi comme lo posso fare*
*Vi voglio ben pagare*
*Dite mi come lo posso fare.*

L'Avocat traisnant ses paroles, chante.

*La Polygamie est un cas,*
*Est un cas pendable.*

Pendant que l'Avocat Bredoüilleur chante.

*Tous les Peuples policez,*
*Et bien sensez*
*Les François, Anglois, Hollandois,*
*Danois, Suedois, Polonois,*
*Portugais, Espagnols, Flamans,*
*Italiens, Allemans,*
*Sur ce fait tiennent Loy semblable,*
*Et l'affaire est sans embarras:*
*La Polygamie est un cas,*
*Est un cas pendable.*

Et Pourceaugnac chante en mesme temps.

*Non e posso piu*
*Questo mai non fu*
*Non sara*
*No, no, no, la giustitia si fara*
*Queste troppa crudelta*
*Sete tutti furbi questo non sara*
*La giustitia, la giustitia si fara.*

Pourceaugnac ſeul ſe plaint à l'Amour.

*Amor crudel Amor, che t'o fattio*
*Darmi due donne Amor o queſte troppo*
*Tu ſai ch' il Dio Vulcano povero Zoppo*
*Spoſò la deá di cipro per ſua mala fortuna*
*Egli fu becco e nebbe troppo d'una*
*Per che due donne a me Amor ſpietato*
*Tu mi voi diſperato*
*O Cieli, o Stelle, o fato rio.*
*Amor crudel Amor, che t'o fattio.*

Il entre deux Medecins Italiens, & ſix Mataſſins danſants, qui viennent pour réjoüir Pourceaugnac dans ſa mélancolie, & chantent.

DEUX MEDECINS
Meſſieurs Thevenard & Deſvöyes.

*Bon di, bondi, bon di,*
*Non vi laſciate uccidere*
*D'al dolor malinconico,*
*Noi vi faremo ridere*
*Col noſtro canto harmonico,*
*Sol' per guarirui*
*Siamo venuti qui*
*Bon di, bon di, bon di.*

*Altro non e la pazzia*
*Che malinconia*
*Il malato*
*Non e disperato,*
*Se vol pigliar un pocco d'allegria,*
*Altro no e la pazzia*
*Che malinconia.*

*Su cantate, ballate, ridete,*
*Et' se far meglio volete,*
*Quando setite il deliro vicino,*
*Pigliate de vino*
*E qualche volta un popo di tabac,*
*Alegramente Monzu Pourceaugnac.*

*LES MATASSINS DANSENT.*

Messieurs Blondy, Ferrand, Dumoulin l'aîné, Barazé, Renould & Dumay.

Les deux Medecins viennent avec chacun une Seringue, & vantent la bonté du remede qu'ils apportent à Pourceaugnac.

*Non vi date piu tedio*
*Quest'e il vero remedio*
*Che va cercar d'a basso' al frontespiZio*
*Ralegr e non fa male*
*A tutti fa servitio*
*Per questo lo chiamiamo servitiale*
*Labbiamo fatto' a posta*
*Poco danaro costa*

E bono,

*E bono, e dolce, benigno, o via, o via,*
*Metta la test à basso vo Signoria.*

Les deux Medecins veulent forcer Pourceaugnac à prendre le remede en chantant

*Pigliate lo presto*
*Cie un poco d'agresto*
*Che ralegr' il core*
*Fa poco dolore*
*Tien' il corppo lesto*
*Le bon e benigno*
*Benigno, benigno,*
*Vel giur e protesto*
*Pigliate lo presto.*

Pourceaugnac répond qu'il ne le veut pas prendre, & chante.

*Non lo voglio pigliare*
*No, no, no, no, non lo voglio pigliare*
*Lasciatemi andare*
*Volete sforzare*
*Vi mandero fare*
*Squartare, Squartare,*
*Lasciatemi andare*
*No, no, no, no, non lo voglio pigliare.*

Les Medecins & les Mataſſins veulent à toute force qu'il le prenne.

*Piglia-lo ſù,*
*Signor Monzu,*
*Piglialo, piglialo, piglialo ſù,*
*Che n'on ti fara male*
*Piglialo ſù queſto ſervitiale,*
*Piglialo ſù,*
*Signor Monzu*
*Piglialo, piglialo, piglialo ſù.*

Les Medecins & les Mataſſins le pourſuivent, & finalement il ſe ſauve.

FIN.

# SCENE DERNIERE.

UN Bourgeois qui veut s'allier au Grand Turc, est annobly auparavant par une Ceremonie Turque, qui se fait en Dance & en Musique.

Les Acteurs de la Ceremonie.

*Le Mufti*, Monsieur Dun.

*Le Bourgeois*, Monsieur David.

*Deux Dervis dançans.*

Messieurs Germain & Dumoulin l'aîné.

*Six Turcs dançans.*

Messieurs Bouteville, Barazé, Blondy, Ferand, Regnault & Dumay.

*Dix-huit Turcs Musiciens assistans à la Ceremonie.*

Le Mufti invoque Mahomet avec les dix-huit Turcs & les quatre Dervis, aprés on luy amene le Bourgeois auquel il chante ces paroles.

LE MUFTI.

*SEti sabir*
*Ti respondir,*
*Se non sabir*
*Tazir, tazir.*

*Mistar Musti*
*Ti quistar ti*
*Non entendir*
*Tazir, tazir.*

Le Mufti demande en même langue aux Turcs aſſiſtans de quelle Religion eſt le Bourgeois, & ils l'aſſûrent qu'il eſt Mahometan. Le Mufti invoque Mahomet en langue Franche, & chantent les paroles qui ſuivent.

LE MUFTI.

*Mahametta per Giourdina*
*Mi pregar ſera é mattina*
*Voler far un paladina*
*Dé Giourdina, dé Giourdina,*
*Dar turbanta é edar ſcarcina*
*Con galera é brigantina*
*Per deffender Paleſtina.*
*Mahametta, &c.*

Le Mufti demande aux Turcs ſi le Bourgeois ſera ferme dans la Religion Mahometane, & leur chante ces paroles.

LE MUFTI.

*Star bon Turca, Giourdina.*

LES TURCS.

*Hi valla.*

LE MUFTI.

*Hu la ba ba la chou ba la ba ba la da.*

Les Turcs répondent les meſmes Vers.

Le Mufti propose de donner le Turban au Bourgeois, & chante les Paroles qui suivent.

LE MUFTI.

*Ti non ſtar Furba.*

LES TURCS.

*No no no.*

LE MUFTI.

*Non ſtar furfanta.*

LES TURCS.

*No no no.*

LE MUFTI.

*Donar Turbanta, donar Turbanta.*

Les Turcs repetent tout ce qu'à dit le Mufti pour donner le Turban au Bourgeois. Le Mufti & les Dervis ſe coëffent avec des Turbans de ceremonies, & l'on preſente au Mufti l'Alcoran, qui fait une ſeconde invocation avec tout le reſte des Turcs aſſiſtans; Aprés ſon invocation il donne au Bourgeois l'Epée & chante ces paroles.

LE MUFTI.

*Ti ſtar nobile é non ſtar fabbola*
*Pigliar ſchiabbola.*

Les Turcs repetent les meſmes Vers.

Le Mufti commande aux Turcs de bastonner le Bourgeois, & chante les paroles qui suivent.

LE MUFTI.

*Dara dara*
*Bastonnara, bastonnara.*

Les Turcs repetent les mesmes Vers.

Le Mufti aprés l'avoir fait bastonner luy dit en chantant.

LE MUFTI.

*Non tener honta*
*Questa star ultima affronta.*

Les Turcs repetent les mesmes Vers.

Le Mufti recommence une invocation, & se retire aprés la ceremonie avec tous les Turcs, en dançant & chantant avec plusieurs Instrumens à la Turque.

Toute la ceremonie est mêlée en plusieurs endroits, tant du Mufti que des six Turcs dançans

Le Bourgeois estant annobly donne sa Fille en mariage au Fils du Grand Turc, & toute la Comedie finit par un petit Ballet qui avoit esté preparé.

FIN.

BIBLIOTHECA IMPERIALIS IMPR.

www.ingramcontent.com/pod-product-compliance
Ingram Content Group UK Ltd.
Pitfield, Milton Keynes, MK11 3LW, UK
UKHW020453180726
13839UKWH00004B/1800

9 782329 583204